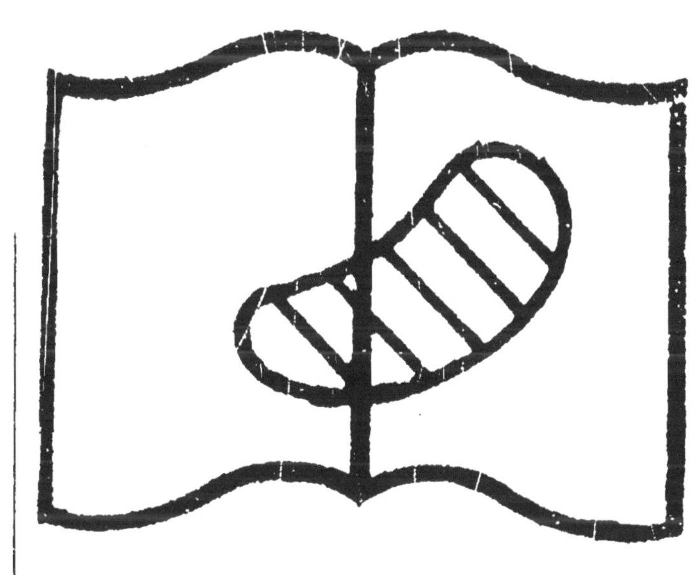

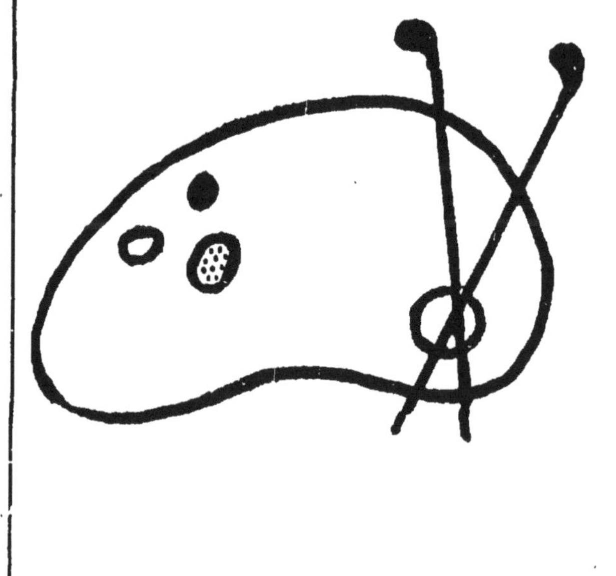

Couvertures supérieure et inférieure
en couleur

COUVERTURES SUPERIEURE ET INFERIEURE D'IMPRIMEUR

BIBLIOTHÈQUE

DES

PETITS ENFANTS

APPROUVÉE

PAR Mgr L'ARCHEVÊQUE DE TOURS

1re SÉRIE

PISAN.

PATRICE

OU

LES PIONNIERS DE L'AMÉRIQUE DU NORD

PAR

M. DE CHAVANNES

TOURS

ALFRED MAME ET FILS, ÉDITEU

—

1878

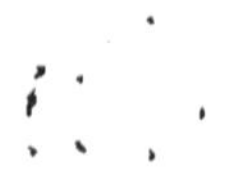

INTRODUCTION

On était à la fin du mois d'octobre; il avait plu toute la journée, et vers les huit heures du soir, au moment où Mme la Place versait une tasse de thé à son mari assis au coin du feu en lisant son journal, une furieuse rafale s'éleva tout à coup, s'engouffra dans la cheminée avec le bruit du tonnerre, et remplit toute la maison de sifflements étranges.

Henri, le fils de M. la Place, jeune garçon de douze ans

qui faisait une partie de dominos avec sa sœur Hélène, un peu plus âgée que lui, s'écria aussitôt en entendant le fracas de la tempête ; « Quel temps, mon Dieu! pour ma tante et mes cousines!

— Bah! dit M. la Place en voyant pâlir sa femme, ils sont *démanchés* maintenant.

Victor connaît son métier, il a un excellent navire, et il doit être sur ses gardes, car depuis ce matin tout annonçait un coup de vent. Si je ne vous en ai rien dit, c'est qu'il était inutile de vous tourmenter d'avance. »

Pour comprendre l'exclamation de Henri, l'émotion

de Mme la Place et la réflexion de son mari, il faut que vous sachiez, mes chers lecteurs, que cinq jours auparavant la sœur de Mme la Place était partie du Havre avec ses deux enfants pour aller rejoindre à New-York M. le Noir, son époux, et qu'ils avaient pris passage sur un navire commandé par un ami de M. la Place, nommé Victor.

Je dois encore vous expliquer la signification du mot *démancher,* dont s'est servi M. la Place. Ce terme est très fréquemment employé par les marins des ports situés le long de la Manche, détroit qui sépare la France de l'Angleterre.

Démancher se dit d'un navire qui sort de la Manche et parvient en pleine mer. *Emmancher*, au contraire se dit d'un navire qui s'engage dans ce détroit.

« Père, reprit Henri, pourquoi donc le bâtiment qui porte ma tante est-il moins exposé en pleine mer que dans la Manche? Il me semble que le vent doit être beaucoup plus fort et les vagues beaucoup plus hautes en pleine mer que près des côtes.

— Il est très vrai, répondit M. la Place, que la mer est plus dure et que le vent est plus violent en pleine mer que partout ailleurs; mais, malgré cela, un navire solide et manœuvré par de bons matelots, commandé par un capitaine brave et expérimenté comme Victor, ne court presque aucun danger quand il navigue à un millier de kilomètres de la terre la plus proche. La raison en est simple : un grand bâtiment bien construit et en bon état résiste parfaitement aux lames les plus furieuses, parce qu'elles ne peuvent ni entamer ses robustes flancs, ni par conséquent pénétrer dans son intérieur. Le vent lui-même, si impétueux qu'il soit, a très peu de prise sur ses mâts privés de voiles. Le capitaine du navire qui subit une tempête au milieu de l'Océan, et cela m'est arrivé plus d'une fois, se laisse emporter par elle, et fuit devant le vent, de quelque côté qu'il souffle, parce qu'il ne craint pas d'être jeté sur une côte, contre laquelle il se briserait infailliblement.

Lorsque, au contraire, un

navire est surpris par une tempête dans une mer resserrée comme la Manche, son capitaine ne peut pas fuir devant le vent, qui ne manquerait pas de le pousser sur un point quelconque des terres qui l'environnent de tous côtés. Dans ce cas, au lieu de fuir devant l'ouragan, il doit manœuvrer pour lui résister, c'est-à-dire conserver étendues le plus de voiles qu'il est possible, au risque de casser ses mâts et de faire sombrer son bâtiment. Enfin, même par une belle mer et par un vent modéré, la plus légère erreur de route commise par le capitaine peut pendant une nuit obscure causer la porte de son navire; car il est entouré de terres, d'îles, de bancs de sables et de rochers qu'il doit éviter avec le plus grand soin : et ce n'est pas toujours facile pendant les brumes du jour et les ténèbres d'une nuit sans lune et sans étoiles.

— Ainsi, dit Hélène, tu ne crois pas, père, que ma tante

et mes cousines soient en ce moment en danger?

— D'abord, répondit M. la Place, il se pourrait très bien que là où ils sont maintenant il fît le plus beau temps du monde, cela n'aurait même rien d'extraordinaire, car nous ne sommes qu'à deux cents kilomètres de Paris, et souvent les Parisiens jouissent d'un soleil magnifique quand il pleut et vente ici, parfois c'est le contraire. On ne doit donc jamais conclure qu'il règne une tempête à deux ou trois cents kilomètres du lieu où l'on se trouve, parce que cette tempête règne là où l'on est. Enfin, en supposant même que le bâtiment de Victor éprouve des rafales aussi furieuses que celles qui fouettent nos vitres, il est très rassurant de penser qu'il navigue à présent dans des mers où un coup de vent est peu à craindre pour un bon navire; le pis qui puisse donc arriver à Victor, c'est d'être jeté hors de sa route, ce qui allongerait sa traversée de quelques jours. Après cela, vous savez que Dieu est le souverain maître de toutes choses, que rien n'arrive en ce monde sans sa volonté ou sa permission. Si vous êtes inquiets de votre tante et de sa famille, priez celui qui peut faire faire le tour du monde au bâtiment le plus délabré sans qu'il lui arrive la plus légère avarie, et laisser périr le meilleur navire, malgré l'habileté de son capitaine et l'adresse de ses matelots, par un de ces accidents imprévus qu'aucune prudence humaine ne saurait éviter.

— Mais, père, reprit Victor

après un moment de silence, pourquoi donc mon oncle nous a-t-il quittés, et est-il allé demeurer en Amérique, aux États-Unis? Que va-t-il y faire?

— Je ne répondrai pas à ta première question, mon cher enfant, dit M. la Place en souriant, parce que tu es trop jeune pour comprendre et apprécier les motifs qui ont engagé mon frère à s'expatrier avec sa famille.

« Quant à ta seconde question, c'est tout différent, et je te donnerai à ce sujet toutes les explications que tu voudras. Ton oncle a acheté dans une des provinces les plus occidentales des États-Unis, dans le Michigan, des terres qu'il se propose de défricher et de mettre en culture; ce sont des prairies et des forêts. D'après les détails contenus dans sa dernière lettre, l'immense domaine dont il a pris possession est situé sur les bords d'une grande rivière nommée la Saginaw. Son proche voisin est un Français qui s'est établi dans le pays depuis une dizaine d'années et qui lui a promis de l'aider de son expérience et de ses conseils; mais l'habitation de ce voisin est à environ quinze kilomètres du lieu où ton oncle a résolu d'élever sa demeure.

— Et il appelle ce monsieur-là un voisin, dit Henri : un homme qui habite si loin de chez lui! Ce pays-là est donc presque désert?

— Sa population s'accroît tous les jours avec rapidité; mais elle s'éparpille sur une si vaste étendue de terrain, que les établissements agricoles, les fermes, si tu comprends mieux, sont encore très clair-semées.

— Il n'y a donc pas dans le Michigan des villes et des villages comme en France?

— Il n'y a qu'une ville qui mérite réellement ce nom, c'est le Détroit. Ce n'était qu'une simple bourgade il y a vingt ans; mais aujourd'hui c'est une cité florissante. Outre le Détroit, qui est la capitale de la province, on trouve dans sa partie méridionale un certain nombre de villages et de bourgades dont le nombre augmente tous les ans. Un chemin de fer partant du Détroit et destiné à relier le lac

Érié au lac Michigan est en voie de construction : quand il sera livré à la circulation, ce chemin de fer donnera une grande importance au Détroit, qui deviendra peut-être une des premières villes des États-Unis.

— Père, dit à son tour Hélène, je croyais que les États-Unis d'Amérique étaient un pays comme la France et l'Angleterre. Je me figurais que New-York, Philadelphie, la Nouvelle-Orléans étaient de grandes villes aussi belles que Rouen et Bordeaux, et que les campagnes étaient aussi bien peuplées que les environs du Havre. J'ai souvent entendu parler de la richesse, de la prospérité et du commerce des États-Unis, dont les navires remplissent les bassins du port : comment un tel pays peut-il être à peu près désert? Je n'y comprends plus rien.

— Parce que tu ne te donnes pas la peine de réfléchir, ma chère Hélène, et je vais te le prouver. Est-ce que le vaste territoire de la république des États-Unis n'embrasse pas la plus grande partie de l'Amérique du Nord?

— Sans doute, puisque aujourd'hui, depuis que la Californie est entrée dans la Confédération des États-Unis, leur territoire s'étend depuis le golfe du Mexique jusqu'au

Canada, situé tout à fait au nord, et qui est une colonie anglaise.

— Et à l'ouest, quelles sont les frontières des États-Unis?

— A l'ouest? A l'ouest il n'y a que des pays presque inconnus et habités par des peuplades indiennes.

— Parfaitement. Dis-moi

maintenant, il y a cinquante ans, le territoire des États-Unis était-il aussi vaste qu'aujourd'hui? s'étendait-il autant à l'ouest?

— Non, puisque anciennement il n'y avait que treize provinces dans l'Union américaine, et qu'aujourd'hui il y en a près de trente.

— De mieux en mieux. Et comment ces nouvelles provinces se sont-elles formées?

— Voilà ce que je ne sais pas.

— Écoute-moi bien alors. A mesure que la population des anciennes provinces augmenta, le prix des terres et des produits du sol augmenta dans les mêmes proportions. Il s'ensuivit que beaucoup de gens qui avaient envie de devenir propriétaires et de s'enrichir, prirent le parti de s'avancer hors des frontières des anciennes provinces, et d'aller s'établir dans l'ouest, où les terres se donnaient pour rien, parce qu'elles n'appartenaient à personne. On appelait *pionniers* les hommes intrépides qui prenaient ce parti.

« Ces pionniers s'aventuraient hardimeut au milieu des forêts avec leurs femmes et leurs enfants, s'installaient au premier endroit qui leur semblait favorable, se bâtissaient une hutte, et vivaient de leur chasse jusqu'à ce qu'ils eussent défriché et mis en culture un coin de terre. Peu à peu le nombre de ces émigrants augmentait; et comme ils cherchaient toujours à se rapprocher les uns des autres pour s'entr'aider et pour résister, au besoin, aux attaques des Indiens, ils finirent bientôt par peupler une certaine étendue de territoire, par y bâtir des villages, des villes, et alors ils obtenaient du gouvernement américain que leur territoire formât une nouvelle province.

« Comprends-tu maintenant comment, tandis que les plus anciennes provinces de la république américaine sont aussi peuplées que la France et l'Angleterre, les provinces de nouvelle formation sont encore couvertes en partie de vastes forêts, et ne ressemblent pas plus aux anciennes provinces qu'aux départements de la France? Eh bien, ton oncle va s'établir dans une de ces nouvelles provinces, dans le Michigan, où il a acheté une grande ferme à un pionnier qui l'a défrichée. Cette ferme est susceptible de grandes améliorations; mais les travaux à y exécuter sont faciles en comparaison de ceux que dut entreprendre celui qui fonda cet établissement au milieu d'un pays presque désert et avec les seules ressources de ses bras et de ceux de sa famille.

« Les explications que je viens de vous donner me rappellent l'aventure d'un jeune garçon irlandais. Je la tiens d'un Français fixé depuis longtemps au Canada, et qui avait beaucoup connu le héros de mon histoire.

« Puisqu'il n'est encore que huit heures, je vais vous la raconter, et vous irez vous coucher après cela avec une belle action à méditer. »

PATRICE

Il y a une quarantaine d'années, une famille irlandaise composée du père, de la mère et de deux enfants, débarqua à Québec, capitale du Canada.

Ces pauvres gens fuyaient leur patrie, où ils étaient malheureux et persécutés à cause de leur religion.

Le père s'appelait Bryan, et son fils Patrice : ce dernier avait juste douze ans le jour où il mit le pied sur le quai de Québec.

Aussitôt débarqué, Bryan alla trouver un Irlandais émigré comme lui, qui tenait à

Québec une boutique d'épiceries. Il exposa sa situation à son compatriote, il lui fit le compte de tout ce qu'il possédait (cela se réduisait à bien peu de chose), et le pria de lui indiquer ce qu'il pourrait faire pour subvenir, par un travail quelconque, à ses besoins et à ceux de sa famille.

L'épicier, qui était un

homme très obligeant, dit à Bryant qu'il venait d'acheter à très bon marché une certaine étendue de terres sur les bords du fleuve Saint-Laurent, à environ deux cent cinquante kilomètres au-dessus de la ville de Montréal; que ces terres étaient situées dans un pays sain et fertile. Il ajouta qu'il n'en avait pas encore pris possession, et finit par offrir à Bryan de lui céder gratuitement la moitié de son acquisition.

« En vous faisant ce cadeau, continua l'épicier, je songe autant à mes intérêts qu'aux vôtres; car, lorsque vous aurez défriché la moitié de mon domaine, l'autre moitié quintuplera de valeur, et je trouverai à la vendre cinq fois plus cher que je ne pourrais aujourd'hui revendre le tout, que j'ai acheté uniquement par spéculation, et sans aucune idée d'aller l'habiter, puisque j'ai ici une bonne boutique, et que Dieu bénit mon commerce, qui devient chaque jour plus important. »

Bryan, pénétré de la plus vive reconnaissance, accepta, comme on le pense bien, la proposition de son compatriote, et ne trouva pas de paroles assez fortes à son gré pour remercier dignement le brave épicier.

Celui-ci lui donna rendez-vous pour le lendemain, afin de passer l'acte par lequel il lui cédait en toute propriété la moitié de son lot de terres, à la seule condition qu'il mettrait cette moitié en culture et y formerait un établissement fixe. Du reste, je dois le dire, les contrats de ce genre n'étaient pas très rares à l'époque où se passèrent les faits que je raconte.

Dans cette seconde entrevue avec son compatriote, Bryan acquit de nouvelles preuves de l'excellent cœur et du désir d'obliger qui constituaient le fond du caractère de ce digne homme; car voici ce qu'il lui dit après que le traité eut été signé avec toutes les formalités usitées en pareil cas :

« Vous m'aviez hier exposé vos ressources en argent; elles sont insuffisantes pour vous rendre à votre établissement et pour acheter les outils, les armes et les provisions sans lesquels il vous serait impossible de réussir dans votre entreprise; car vous allez être réduit à vos propres forces au milieu d'un pays où la civilisation commence à peine à pénétrer. Vous ne trouverez là-bas que du bois, du gibier et du poisson; il faut donc que vous emportiez avec vous des armes, des outils, des instruments aratoires, tout ce qui vous sera indispensable pour construire une habitation, défricher vos terres, et pourvoir à votre existence.

« Je vais donc m'occuper de vous procurer d'abord un canot pour faire le voyage, ensuite le bagage complet d'un pionnier. Dans cinq jours une caravane de chasseurs et de trafiquants de pelleteries doit remonter le fleuve Saint-Laurent jusqu'au lac Ontario; ils passeront devant votre nouveau domaine. Je vous conseille de vous joindre à eux : vous voyagerez plus sûrement et plus commodément que si vous étiez seul, surtout lorsque je vous aurai recommandé au chef de l'expédition, qui est un de mes amis. Aussitôt que vous aurez mis vos terres en culture, vous m'expédierez tous les ans vos denrées ; je les vendrai pour votre compte ;

et je retiendrai peu à peu sur le prix que j'en retirerai les avances que je vous fais aujourd'hui. »

Deux mois après son arrivée à Québec, Bryan et sa famille débarquaient sur leur propriété; ils étaient accompagnés d'un agent du gouvernement qui s'était joint à eux à Montréal pour leur indiquer les lots de terre primitivement concédés à l'épicier, et dont la moitié leur appartenait d'après l'acte passé avec ce dernier. L'agent du gouvernement, guidé par un plan dont il était porteur, désigna, au moyen d'entailles faites sur les troncs d'une certaine quantité d'arbres, les limites du domaine de Bryan et celles du domaine de l'épicier; outre ces entailles creusées en deux coups de hache, l'employé enleva de distance en distance à un arbre un large lambeau d'écorce, et, à l'aide d'un marteau, imprima un timbre sur le bois mis à nu. Cette opération, qui constituait la mise en possession de Bryan, dura cinq jours; et comme il devait assister l'agent du gouvernement, il ne put s'occuper de rien autre chose pendant tout cet espace de temps. Le sixième jour l'employé partit, après avoir donné une foule de renseignements précieux à Bryan, et lui avoir dit qu'à 6 kilomètres de chez lui en remontant le fleuve il y avait une famille française composée de huit personnes, dont l'établissement, bien que ne remontant qu'à trois années, était déjà florissant.

L'employé ne se fut pas

plutôt éloigné que Bryan se mit bravement à l'œuvre. D'après les conseils de l'agent du gouvernement, il choisit pour élever sa cabane le penchant d'une colline entièrement boisée, et commença par déblayer le terrain en coupant tous les arbres dans un espace de cinquante mètres en tous sens. Il était depuis deux jours occupé de ce travail pénible, quand il vit arriver les voisins dont on lui avait parlé, et qui lui offrirent de l'aider à la construction de sa demeure. Bryan accepta de grand cœur leurs services, et s'excusa auprès d'eux de n'avoir pas été leur rendre visite, parce qu'il n'avait pas osé laisser seuls sa femme et ses enfants. En moins de quarante-huit heures Bryan, aidé de ses voisins, acheva son habitation; les murs en étaient composés de troncs d'arbres superposés; chaque tronc avait la longueur d'une des faces du bâtiment, et tous s'encastraient les uns dans les les autres par leurs extrémités. Comme on employait les troncs sans se donner la peine de les équarrir, les interstices qu'ils laissaient étaient bouchés d'abord avec de la mousse, et ensuite avec de la terre glaise.

Depuis leur arrivée jusqu'à l'achèvement de leur maison, Bryan et sa famille avaient dormi sous une tente qu'ils avaient apportée avec eux.

Ce serait une histoire très intéressante et très instructive que celle de notre famille irlandaise pendant la première année de son séjour à *Confiance* (c'est le nom qu'ils avaient donné à leur établissement); mais le récit détaillé de leurs travaux de défrichement, de leur manière de vivre, des difficultés qu'ils rencontrèrent, de leurs privations, de leurs expédients pour réaliser des choses qui, au premier abord, leur avaient semblé au-dessus de la force d'un homme n'ayant pour le seconder que les bras d'une femme et de deux enfants, exigerait beaucoup plus de temps que je n'en ai ce soir; j'arrive donc tout droit aux aventures de Patrice.

Il y avait trois ans que la famille Bryan était établie à Confiance; grâce à des prodiges d'activité, d'adresse et de persévérance, près de cent hectares de terres avaient déjà été défrichés, et nos pionniers possédaient des troupeaux et une basse-cour complète. De plus, ils habitaient une maison commode, flanquée de hangars, d'étables et de tous les bâtiments nécessaires à une grande exploitation.

Bryan s'était adjoint deux domestiques canadiens, et n'attendait qu'une occasic favorable pour expédier à son ami de Québec une cargaison de viandes salées, de beurre, de grains, etc. : bref, son établissement était en pleine voie de prospérité, ce qu'il devait d'abord à lui-même, et ensuite à une foule de circonstances qui étaient venues favoriser ses efforts.

Parmi ces circonstances, je mentionnerai les rapports

d'amitié qui s'étaient établis entre lui et le chef d'une tribu d'Indiens Ottawas. Ce chef ayant déclaré hautement qu'il considérerait comme une injure personnelle le moindre acte d'hostilité ou de déprédation qu'on se permettrait contre Bryan et ses propriétés, il en était résulté que notre pionnier n'avait jamais été inquiété par les Indiens, qui, en maintes circonstances, lui avaient, au contraire, rendu une foule de petits services.

Telle était la situation de la famille Bryan, quand un matin, à la pointe du jour, un guerrier ottawa, parent du chef indien, et fort connu de Bryan, vint lui annoncer de sa part qu'un parti de deux cents Iroquois était en ce moment occupé à piller et à saccager l'habitation de ses voisins les Français, et que si lui, Bryan, ne voulait pas être égorgé avec sa famille comme ses voisins l'avaient probablement été, il fallait prendre à l'instant la fuite : il ajouta qu'il avait amené un canot, et que le seul moyen d'échapper aux Iroquois, c'était d'y monter et de descendre le fleuve jusqu'au fort Saint-Thomas, où ils seraient en sûreté; qu'en partant sur-le-champ on pourrait prendre assez d'avance sur les Iroquois pour rendre leur poursuite inutile. A peine l'Indien eut-il cessé de parler, que les deux domestiques canadiens s'élancèrent hors de la maison, coururent à l'écurie, et, sautant chacun sur un cheval qu'ils ne se donnèrent pas le temps de brider, disparurent ventre à terre.

« Ceux-là, dit l'Indien en montrant du doigt les fuyards, ne seront plus en vie ce soir; ce n'est pas par terre que l'on peut échapper aux Iroquois... Venez. »

Bryan, qui savait combien en pareille circonstance il était plus sage pour lui de se fier à la sagacité de l'Indien qu'à ses propres inspirations, ne balança pas, et le suivit sur-le-champ avec sa femme et ses deux enfants. Quoiqu'ils courussent plutôt qu'ils ne marchaient, ils étaient encore à vingt-cinq pas de la rivière, quand des cris épouvantables frappèrent leurs oreilles : c'était le cri de guerre des Iroquois, qui se précipitaient dans la maison que

Bryan et sa famille venaient de quitter dix minutes auparavant.

Comme, de la cour de la maison, située à mi-côte, ainsi que je l'ai dit, les Iroquois pouvaient voir la fuite et l'embarquement de la famille Bryan, parce que de ce point élevé rien ne gênait leurs regards jusqu'au fleuve par suite des défrichements, les infortunés pionniers n'avaient pas une seconde à perdre pour entrer dans le canot et s'éloigner de la rive. Ils se hâtèrent donc de se placer dans la pirogue; mais à peine l'Indien qui devait la diriger, et qui était un navigateur beaucoup plus habile et plus expérimenté que Bryan, se fut-il embarqué le dernier, qu'il devint évident pour tous que le frêle esquif, construit en écorce, n'était pas capable de supporter une pareille charge, et qu'il ne tarderait pas à couler, à moins qu'on ne le soulageât du poids d'une personne. Il y eut alors un moment d'incertitude réellement affreux : démarrer, c'était s'exposer à un naufrage certain; rester, c'était s'offrir aux couteaux des Iroquois; car ils avaient aperçu le canot et les passagers, et se précipitaient vers eux avec des cris sauvages. La rage semblait leur donner des ailes, tant étaient prodigieux les sauts et les bonds au moyen desquels ils franchissaient la pente qui les séparait du fleuve. En ce moment suprême, Patrice se dévoua : se redressant brusquement de la place où il est assis dans le canot, il s'élance à terre, et, avant que son père songe à le retenir, il imprime des deux mains une vigoureuse poussée au canot, et le met à flot. L'Indien, pour qui cet acte de dévouement sublime n'a rien d'extraordinaire, saisit aussitôt sa pagaie, et lance en pleine eau l'embarcation, qui fuit comme une flèche sous la triple impulsion qu'elle reçoit du vent, des rames et du courant.

Tout ceci s'était passé avec une telle promptitude, que ni Bryan ni sa femme n'avaient pu s'opposer à l'action de Fatrice; l'Indien seul, qui avait conservé cet imperturbable sang-froid des guerriers de sa race, aurait été en position de prévenir le dessein du jeune garçon; mais quand bien même le père, la mère et la sœur de Patrice n'eussent pas été parmi les passagers, il lui semblait tellement naturel et dans l'ordre que le plus jeune se dévouât pour le salut des autres, que, bien loin de retenir Patrice, il n'eut pas plutôt compris son projet, qu'il lui en facilita, pour ainsi dire, l'exécution. Une courte et énergique exclamation approbatrice fut tout ce qu'il accorda au jeune Bryan sacrifiant sa vie pour le salut de ses parents.

Malgré le départ de Patrice, le canot était encore tellement surchargé, que l'eau effleurait ses bords, et que le moindre faux mouvement de ceux qu'il contenait l'eût mis en danger de couler bas. Ce fut cette circonstance qui empêcha Bryan de se précipiter dans le fleuve pour rejoindre son fils. En effet, lorsqu'il se leva du fond du canot, où il était étendu, pour s'élancer après Patrice, la frêle barque d'écorce vacilla et pencha si fort, que si Bryan n'eût pas promptement repris sa position première, il eût causé la mort de sa femme et de sa fille, sans être d'aucun secours à son fils.

Patrice ne fut pas plutôt à terre, qu'il prit sa course le long du rivage du fleuve, et se jeta dans une épaisse touffe de roseaux, au milieu de laquelle il se blottit. Cet expédient lui eût peut-être réussi, si les Iroquois n'avaient pas eu un chien avec eux; mais, pendant qu'ils tiraient des coups de fusil et des flèches au canot qui s'éloignait, et qui fut bientôt hors de portée, le chien prit la piste de Patrice, le suivit jusqu'aux roseaux dans lesquels le jeune Bryan s'était caché, et se mit à aboyer de toutes ses forces. Un Iroquois accourut; voyant que son chien tournait autour des roseaux sans oser y entrer, il crut qu'il avait surpris un sanglier; il s'avança donc avec précaution, son fusil à l'épaule, prêt à faire feu dès qu'il apercevrait la bête. Patrice, qui de sa cachette suivait tous les mouvements de l'Indien, comprit qu'il allait être tué s'il ne se montrait pas; il prit donc bravement son parti, et se leva debout. A cette apparition inattendue l'Iroquois fit un bond en arrière, mais, reconnaissant, aussitôt qu'il avait affaire à un enfant sans armes, il baissa le canon de son fusil, s'élança vers Patrice, le saisit, le chargea sur son dos, et le porta vers ses compagnons avec autant d'aisance que s'il se fût agi d'un chevreuil. Arrivé auprès d'eux, il déposa son prisonnier par terre, et poussa une exclamation de joie et de triomphe, à laquelle répondit toute la bande par des cris semblables.

Dès que le vacarme eut cessé, le guerrier qui avait fait Patrice prisonnier (c'était un homme d'une cinquantaine d'années) prit la parole, et, s'adressant au fils de Bryan, lui demanda en iroquois pourquoi il n'avait pas suivi les siens. Comme Patrice parlait tant bien que mal la langue des Ottawas, qui était celle de la tribu du chef indien ami de son père, et que l'iroquois ressemble beaucoup à l'ottawa, le fils de Bryan comprit la question, et répondit en ottawa qu'il était resté parce que le canot ne pouvait les contenir tous, et qu'il savait que les guerriers iroquois ne faisaient point de mal aux enfants; que du reste, quand bien même ils devraient le tuer, il mourrait heureux de songer qu'en sortant du canot il avait assuré la fuite de son père, de sa mère et de sa sœur.

Cette réponse, fièrement jetée par un garçon de quinze ans, plut singulièrement aux Iroquois. L'un d'eux, pour éprouver le courage de Patrice, saisit une hache, l'éleva en l'air, et, l'abaissant tout à coup dans la direction de la tête du jeune Bryan, ne la détourna de son front que quand le fer allait l'atteindre. En face de cette démonstration hostile, Patrice ne laissa paraître aucune crainte, et resta droit et immobile.

L'Indien qui l'avait fait prisonnier étendit alors le bras vers Patrice, et commença une espèce de discours dans lequel il parla longtemps, et en termes pompeux, d'un fils qu'il avait perdu dans une bataille contre les Hurons, et finit par déclarer que, selon l'usage de sa nation, il adoptait son prisonnier comme son fils, afin qu'il tînt la place de celui que les Hurons lui avaient tué.

Patrice, pour se faire bien venir de l'Iroquois, fit semblant de se résigner à son sort.

Cependant, quand les Indiens le ramenèrent auprès de leurs compagnons restés à la ferme, et qu'il vit les ravages commis en si peu de temps, il ne put ni retenir ni cacher ses larmes. Non seulement la maison, les hangars, la grange, l'écurie, brûlaient; mais le sol était jonché de débris de toute espèce. Meubles, instruments aratoires, provisions gisaient pêle-mêle, et dans un tel état, qu'on pouvait à peine reconnaître ce que c'était.

Lorsque les Iroquois furent las de casser et de détruire, ils se mirent à partager leur butin. Ce butin se composait de bien peu de chose, et avait bien peu de valeur en comparaison des richesses qu'ils avaient anéanties; car ils ne s'étaient réservé qu'un petit nombre d'objets faciles à transporter, et dont ils connaissaient le prix et l'usage.

Patrice fut douloureusement surpris quand on lui annonça qu'il ne jouirait du bénéfice de son adoption que le jour où les Iroquois auraient regagné leurs villages, et que jusque-là il serait traité comme un prisonnier. Il avait espéré d'abord qu'on lui laisserait une certaine liberté dont il comptait profiter à l'occasion. Toutefois il ne fit aucune résistance, et ne témoigna aucun dépit quand son maître lui lia les mains et l'attacha à un arbre.

Le lendemain, au lever du soleil, toute la bande, qui se composait d'environ deux cents hommes, se remit en marche; d'après ce que Patrice entendit dire autour de lui, il conclut que le chef de l'expédition n'osait pas s'aventurer plus avant du côté du fort Thomas, et qu'il avait été décidé dans un conseil tenu le soir précédent qu'on reprendrait le chemin du nord-ouest.

Cette détermination des Indiens causa un nouveau chagrin à Patrice. Tant qu'ils seraient restés sur les bords du fleuve Saint-Laurent, il pouvait espérer être délivré soit par le chef ottawa, soit par les troupes qui ne manqueraient pas de partir du fort Thomas à la nouvelle des dévastations commises dans une demi-douzaine d'établissements. Mais une fois emmené dans le nord-ouest, au delà du lac Iroquois, il devenait presque impossible que ses parents et ses amis découvrissent où il était, et parvinssent à le tirer d'entre les mains des Indiens.

Le guerrier iroquois vint lui-même détacher Patrice de son arbre; mais il lui laissa les deux bras liés le long du corps par une lanière de cuir, qui, fixée à son cou, descendait en tournant autour de lui jusqu'à la naissance des cuisses. Ainsi garrotté, le pauvre garçon ne pouvait songer à prendre la fuite. Aussi son maître le laissa-t-il libre de marcher à sa guise. Privé de l'usage de ses mains, Patrice, quand il avait soif ou faim, était obligé de venir trouver son maître, qui le déliait quelques instants et ne lui permettait de s'éloigner de lui qu'après l'avoir garrotté de nouveau.

Le troisième jour, à la tombée de la nuit, les Iroquois campèrent au bord d'une petite rivière profondément encaissée et très rapide, qui allait se jeter dans le fleuve Saint-Laurent à cent kilomètres plus bas. Vers les dix heures du soir, le temps, qui avait été très mauvais toute la journée précédente, se mit à la tempête. Il s'éleva un vent furieux, il tomba des torrents de pluie, et le fracas du tonnerre vint se mêler aux mugissements de la forêt battue par l'ouragan.

Patrice, attaché à un énorme sapin, grelottait malgré sa couverture, composée de plusieurs peaux de castor cousues ensemble. Bientôt l'eau ruissela tellement sous lui, qu'il fut obligé de se lever : il s'appuya contre le tronc du sapin, et tâcha de se tourner de manière à ce que l'arbre l'abritât le mieux possible du vent et de la pluie.

Dès le commencement de la tempête il était tombé une telle averse, qu'en un instant tous les feux allumés dans le camp des Iroquois avaient été noyés. Beaucoup parmi les principaux guerriers couchaient sous des espèces de tentes ; toute leur promptitude à les abattre, quand l'ouragan se déchaîna, ne put empêcher qu'un grand nombre d'entre elles ne fussent emportées au loin. Il en résulta un désordre extrême : au milieu d'une obscurité profonde, les Iroquois couraient en tous sens, et se bousculaient en cherchant à rattraper leurs tentes, leurs couvertures, leur bagage, que le vent et les ruisseaux leur disputaient.

Au plus fort de la bagarre, un éclair effroyable montra à Patrice un guerrier accroupi à quelques pas de lui, sous un buisson épineux. Quelque rapide, quelque fugitif qu'eût été l'éclat de la lumière qui lui avait permis de distinguer le guerrier, il avait suffi à Patrice pour reconnaître le chef ottawa ami de son père. Il se rappela alors que pendant tout le jour précédent il avait à plusieurs reprises entendu le chant du pic des bois sans avoir vu cet oiseau, et que dans toutes les parties de chasse que le guerrier ottawa faisait avec son père, ce chef se servait habituellement du cri du pic pour prévenir Bryan de se tenir prêt à tirer une pièce de gibier.

Patrice en conclut que, depuis la veille, le brave Ottawa suivait les Iroquois pour le tirer de leurs mains, et que c'était pour l'instruire de ses intentions et de sa présence que l'Indien avait plusieurs fois renouvelé un signal bien connu de tous deux.

Patrice, malgré la découverte qu'il venait de faire, resta dans la position où il se trouvait, et se garda bien de prononcer un seul mot; car, comme il avait été attaché presque au centre du campement, il ne s'écoulait pas une minute sans qu'il entendît passer un Iroquois près de lui. Seulement il était tout oreilles, et se tenait prêt à tout événement.

Il venait d'achever une courte prière et de renouveler un vœu qu'il avait fait à la sainte Vierge lorsqu'il s'était caché dans les roseaux après avoir quitté le canot, quand il sentit une main invisible, à cause de l'obscurité, s'appuyer sur sa bouche, et la lame d'un couteau glisser entre sa peau et la lanière fixée à son pied droit; son pied gauche et ses deux poignets furent également, et sans le moindre bruit, dégagés des liens qui les retenaient; dès qu'il fut libre, l'Ottawa le chargea sur son épaule et se mit en marche.

La confusion qui régnait dans le camp avait pour les fugitifs autant d'avantage que d'inconvénient; car, si les Iroquois étaient trop occupés pour songer à Patrice, ils couraient de tous côtés, et éclairaient leurs recherches avec des torches de bois résineux, dont le vent, il est vrai, diminuait singulièrement la clarté. L'Ottawa, qui ne paraissait nullement appesanti par son fardeau, tantôt marchait à grands pas, tantôt se collait immobile contre un tronc d'arbre, tantôt se couchait à plat ventre. A chaque instant Patrice entendait un Iroquois passer à côté d'eux ou venir à leur rencontre; mais chaque fois son libérateur se détournait, ou se jetait de côté avec une souplesse, une rapidité, un aplomb d'autant plus merveilleux, qu'il semblait glisser sur la terre, et que ses pieds ne produisaient pas le plus léger froissement.

C'est ainsi qu'ils traversèrent heureusement la partie du camp qui s'étendait entre eux et la rivière. Grossie par l'orage, elle coulait débordée et impétueuse.

En arrivant sur ses bords, l'Ottawa retrouva sur-le-champ deux grosses et longues bottes de jonc qu'il avait préparées d'avance; il les lia ensemble côte à côte, fit coucher

Patrice dans l'espèce de creux que formait leur rapprochement, se plaça lui-même à califourchon sur ce radeau improvisé, et le lança au fil de l'eau. Une grande perche et le mouvement de ses pieds, dont il se servait comme de rames, lui suffirent pour le diriger.

Ils descendirent ainsi la rivière pendant deux heures environ. Alors le chef ottawa commença à contrefaire le cri du hibou à des intervalles assez rapprochés ; bientôt un cri pareil lui répondit. L'Indien fit alors aborder son radeau, mit pied à terre et répéta le cri de l'oiseau nocturne. Au bout de cinq minutes d'attente, une pirogue montée par cinq personnes atterrit juste à la place où étaient venus débarquer l'Ottawa et Patrice, et celui-ci se trouva dans les bras de son père avant qu'il eût eu le temps de le reconnaître.

Vous dire la joie que le père et le fils éprouvèrent en se revoyant est chose impossible; ils manquèrent eux-mêmes de paroles pour l'exprimer.

Il me reste maintenant à vous raconter à quel concours de circonstances était due la délivrance de Patrice.

Vous avez vu comment, grâce au dévouement de son fils, Bryan, ainsi que sa femme et sa fille, avait pu s'éloigner du rivage avant l'arrivée des Iroquois, et comment la rapidité de la marche du canot avait préservé ceux qu'il contenait de l'atteinte des balles et des flèches dirigées contre eux.

Le guerrier ottawa, s'étant

aperçu bientôt que les Iroquois, reconnaissant l'inutilité d'une plus longue poursuite, y avaient renoncé, proposa à Bryan de s'arrêter, pendant qu'il irait voir quel parti prendraient les Iroquois après le pillage de la ferme, et qu'il tâcherait de découvrir ce qu'était devenu Patrice. Bryan accepta cette proposition avec joie, et il convint avec l'Ottawa qu'à moins d'être forcé par l'arrivée des ennemis de fuir de nouveau, il l'attendrait dans une petite crique jusqu'au lendemain matin.

Le matin du jour suivant, l'Indien revint avec son chef, qu'il avait rejoint, et celui-ci apprit à Bryan que les Iroquos, après avoir saccagé son établissement, se retiraient vers le nord-ouest; qu'ils n'avaient point fait de mal à son fils; qu'un chef devait l'adopter; mais qu'en attendant que la tribu eût regagné ses campements habituels, Patrice était étroitement gardé et considéré comme prisonnier de guerre.

Si vous le voulez, ajouta le chef ottawa, mon frère va conduire votre femme et votre fille au plus prochain établissement, situé à une demi-journée d'ici, où elles seront en sûreté, et nous deux nous suivrons les Iroquois avec quelques-uns de mes guerriers, et nous essayerons de délivrer votre fils. »

Bryan, comme vous le pensez bien, accepta avec autant d'empressement que de reconnaissance l'offre de son ami ottawa. Celui-ci dirigea l'expédition avec tant de prudence et de sagacité, que la petite bande rejoignit les Iroquois, et les suivit à distance sans être remarquée, jusqu'à ce que l'Indien, profitant d'une nuit orageuse, délivra Patrice, ainsi que nous l'avons vu.

L'événement qui eût dû causer la ruine de Patrice devint la cause de sa fortune, et voici comment.

Le gouverneur du Canada, voulant protéger d'une manière efficace et permanente les établissements fondés de ce côté-là, décida qu'on élèverait un nouveau fort sur le fleuve Saint-Laurent, et qu'on y entretiendrait une garnison respectable. Or, l'ingénieur chargé de choisir l'emplacement de ce fort ayant justement désigné une éminence située à une portée de canon de Confiance, les terres de Bryan prirent sur-le-champ une très grande valeur, parce que leur situation dans le voisinage du fort non seulement les mettait à l'abri des déprédations des tribus hostiles, mais ouvrait des débouchés certains pour une partie des produits d'une ferme, tels que volailles, légumes, lait, beurre, etc.

Bryan vendit donc quelques petits lots de terre, et le prix qu'il en obtint lui permit de réparer complètement les ravages des Iroquois. Il remplaça ses bâtiments incendiés par des constructions plus vastes et plus solides, acheva ses travaux de défrichement, perça des routes, doubla le nombre de ses animaux domestiques, et bientôt Confiance devint une des plus belles et des plus importantes exploitations qu'il y eût à cinquante lieues à la ronde.

FIN

8599. — Tours, impr. Mame.

www.ingramcontent.com/pod-product-compliance
Ingram Content Group UK Ltd.
Pitfield, Milton Keynes, MK11 3LW, UK
UKHW012044240726
13965UKWH00003B/1036

9 782013 606233